LES CHEFS-D'ŒUVRE INCONNUS

LES SOUPERS DE DAPHNÉ

TIRÉ A TRÈS PETIT NOMBRE

Il a été tiré, en outre, 20 exemplaires sur papier de Chine et 20 sur papier Whatman, avec *double épreuve de la gravure.*

Lalauze del et sc.

LES SOUPERS DE DAPHNÉ

MEUSNIER DE QUERLON

LES

SOUPERS DE DAPHNÉ

SUIVIS DES

DORTOIRS DE LACÉDÉMONE

PUBLIÉS AVEC UNE PRÉFACE ET DES NOTES

PAR

MAURICE TOURNEUX

Eau-forte par Adolphe Lalauze

PARIS

LIBRAIRIE DES BIBLIOPHILES

Rue Saint-Honoré, 338

M DCCC LXXXVI

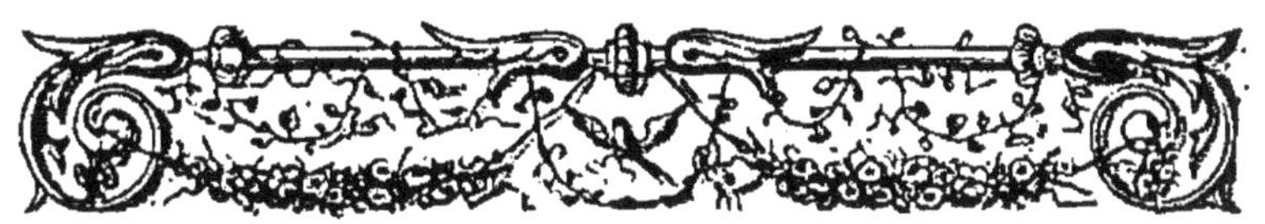

AVANT-PROPOS

En réimprimant PSAPHION OU LA COURTISANE DE SMYRNE *dans la collection où ce petit volume vient à son tour prendre place, le bibliophile Jacob s'était contenté de rapporter quelques-uns des jugements contemporains les plus favorables dont l'auteur avait été l'objet.*

J'avais songé tout d'abord à donner ici une biographie un peu détaillée de Anne-Gabriel Meusnier de Querlon, mais je me suis rappelé l'anathème que Voltaire a fulminé en un cas tout semblable : dans le CATALOGUE DES ÉCRIVAINS FRANÇAIS *qui précède le* SIÈCLE DE LOUIS XIV, *arrivé au nom de La Croze, bénédictin réfugié en Prusse, auteur du* CHRISTIANISME DES INDES, *il dit : « La fureur d'écrire est telle qu'on*[1] *a écrit la vie de cet homme en un volume aussi gros que la vie d'Alexandre. Ce petit extrait, encore trop long (il a dix lignes), aurait suffi. » Voltaire ne se doutait pas que le plus récent et le mieux informé de ses historiens lui consacrerait huit volumes et qu'il laisserait encore à glaner après lui. Mais, après tout, Querlon n'est pas Voltaire, et il me suffira aujourd'hui de citer une page qui a échappé à mon aimable prédécesseur et qui sera tout ensemble le plus juste éloge de Querlon et la véritable préface de cette réimpression. Charles Nodier écrivait ceci en octobre 1834 dans le* BULLETIN DU BIBLIOPHILE, *à propos* de quelques livres satiriques et de leur clé :

« *Dans une catégorie assez large et où notre malignité française aime à s'exercer, je m'en tiendrai pour exemple à cette satire toute parfumée de fleurs antiques, parce qu'elle a du moins en sa faveur, à travers un peu de molle afféterie et de grâces maniérées, l'avantage d'être bien écrite. J'aime d'ailleurs à dire un mot de Querlon, le*

1. Claude-Étienne Jordan, l'ami et le commensal de Frédéric II.

seul littérateur du XVIIIe siècle pour lequel je puisse avouer sans orgueil quelque sympathie d'étude et de destinée. C'était un honnête homme, formé à de bonnes et utiles recherches qu'il savait résumer en un bon style et que j'approuverais en tout point si la manie des raretés philologiques n'avait quelquefois entraîné cet esprit naïf à l'exploration de certains auteurs que la décence condamne. Lorsqu'il s'agit d'une langue morte, c'est un petit défaut dans lequel l'abbé de Rancé et le grand aumônier Jacques Amyot étaient tombés avant lui. L'habitude de ce travail si précieux pour les langues le conduisit presque malgré lui à une imitation de Pétrone où il ne manque que le nerf éloquent et le cynisme du modèle : les SOUPERS DE DAPHNÉ *sont un véritable Festin de Trimalcion accommodé à nos mœurs et qui se ressent de l'urbanité de la bonne compagnie et de la politesse de la cour. Ces obscénités élégantes ne méritent pas plus d'indulgence que les autres, mais elles auront beaucoup de prix un jour pour les linguistes. Les* SOUPERS DE DAPHNÉ *sont un joli pastiche français du* SATYRICON, *et c'est comme cela qu'il faut les voir. J'échappe heureusement par ce côté à la comparaison que j'avais voulu établir, et que je ramènerai facilement en deux mots à sa véritable expression : Querlon était un homme de savoir qui pouvait s'élever sans efforts aux meilleures formes de la parole, qui vécut de ses articles aux* PETITES AFFICHES *et qui mourut pauvre !* »

Six ans auparavant, dans ses MÉLANGES TIRÉS D'UNE PETITE BIBLIOTHÈQUE, *Nodier avait donné une clé des* SOUPERS *d'après un exemplaire que cette addition, à la fois manuscrite et imprimée, rendait unique, selon lui : appât volontiers tendu par le séduisant amateur à ses confrères en curiosité. Vérification faite, la clé de l'exemplaire Nodier avait une rivale dans celle de Leber, et c'est ce que son possesseur ne se faisait point faute d'établir péremptoirement (voir son* CATALOGUE, *n*o 2268). *Pour rendre à la chronologie les hommages qui lui sont dus, il convient de rappeler que dès* 1806 *Barbier avait donné, dans le* DICTIONNAIRE DES ANONYMES, *une autre clé très peu différente de celle que Nodier a imprimée en* 1828 *et un peu plus détaillée. Barbier semble avoir constitué la sienne d'après divers exemplaires du temps; il ajoute (toujours sans doute d'après les mêmes témoignages) que Monet avait recueilli les notes sur lesquelles Meusnier de Querlon rédigea en trois* *jours les* SOUPERS, *qu'il les fit imprimer à ses frais (Monet n'en dit rien dans ses* MÉMOIRES), *et que des exemplaires s'en vendirent jusqu'à douze louis.*

Si ces hauts prix ne se sont pas maintenus, il s'en faut que les SOUPERS DE DAPHNÉ *aient jamais été communs sur le marché bibliographique; le* MANUEL DU LIBRAIRE *en cite diverses adjudications significatives : 9 francs, vente By; 20 francs, Châteaugiron (cuir de Russie); 17 francs, Aimé Martin (mar. rouge), auxquelles il faut ajouter celle de la vente Nodier (1829), 30 francs (mar. rouge). Il n'y a pas d'ailleurs, si l'on en excepte une réimpression belge récente, d'autres éditions que les éditions originales, et Meusnier de Querlon n'a point recueilli les* SOUPERS *dans les* IMPOSTURES INNOCENTES, *comme il l'avait fait pour* PSAPHION. *Avait-il été effrayé de son audace? Rien ne prouve qu'il ait été inquiété; journaux et mémoires sont muets sur l'impression que dut causer cette allégorie satirique, car, sous l'artifice usé aujourd'hui, mais alors fort à la mode, d'une prétendue traduction de l'arabe (pourquoi de l'arabe?), se cachent une foule d'allusions qui ont exercé la sagacité des contemporains avant la nôtre. Si ce fumet de scandale s'est un peu évaporé pour nous, la grâce du dialogue et les détails piquants de la mise en scène n'ont rien perdu de leur saveur. Meusnier de Querlon eût été, quoi qu'il en dise, désolé de donner le change à son lecteur, et c'est bien vraiment de Daphné et d'Apollon qu'il s'agit ici!*

Nous sommes à Passy (et non à Marly, comme on l'a cru), vers 1735, chez Samuel Bernard, et sous nos yeux défilent ses enfants, ses familiers, ses parasites; de quoi causent-ils? De ce qui était alors l'objet des entretiens de tous : de la tristesse farouche du jeune roi (le prince d'Arménie), quand aux ardeurs de sa juvénile passion pour la reine succédait le refroidissement que Marie Leczinska fut la première à provoquer, et aussi d'une fantaisie encore toute récente, la fureur des initiations à la franc-maçonnerie, qui sert très habilement de prétexte aux aveux des belles invitées. Dans ce décor gréco-romain se meuvent donc des personnages de la plus instante « actualité », comme nous dirions aujourd'hui. Aussi, sous les noms ou les faits que dévoilent les annotations transcrites par Barbier et Nodier, me suis-je attaché à placer un commentaire suffisamment explicite, et d'autant plus nécessaire que, dans un travail sur les Livres à clé *publié en 1873 à Bor-*

deaux par M. Gustave Brunet, d'après les papiers de Quérard, les SOUPERS DE DAPHNÉ *ne sont même pas mentionnés.*

En revanche, les DORTOIRS DE LACÉDÉMONE *n'exigent point tant de recherches ; c'est assurément, non « l'ouvrage de quelque philosophe cyrénaïque », mais celui d'un contemporain de Crébillon fils, et, si elles n'ont pas été inventées à plaisir, des méprises aussi mortifiantes que celles de Glycon et de Bronte appartiennent à la chronique scandaleuse de tous les temps et de tous les pays. En les contant, Querlon a peut-être voulu simplement prouver que la langue du XVIIIe siècle permettait de tout dire sans appuyer sur ce que l'on souligne aujourd'hui, et il n'aura pas perdu sa gageure s'il se fait de nouveau comprendre par le petit groupe de lecteurs d'élite à qui seuls des récits de cette nature peuvent s'adresser.*

MAURICE TOURNEUX.

AVERTISSEMENT

Quelque goût que l'on ait aujourd'hui pour l'antiquité grecque et romaine, j'ai longtemps hésité à donner ces fragmens, et je ne dissimulerai point les raisons qui me retenoient. Les difficultés de la traduction ne m'ont point rebuté un instant, mais l'impossibilité de répandre le moindre jour sur des monumens aussi informes me faisoit tomber la plume des mains. L'inutilité de mes recherches piquoit encore ma curiosité. Le moyen de traduire un ouvrage de cette nature sans en vouloir deviner l'auteur, sans du moins y joindre un bon commentaire? Car enfin, aujourd'hui surtout que le génie dissertateur brille jusque dans les préfaces d'opéra, qu'est-ce que c'est qu'une traduction sans remarques? et où pouvoient-elles être plus nécessaires que dans ces fragmens?

La singularité des mœurs si éloignées des nôtres qu'on y voit dépeintes, et nombre de traits historiques qui sont de pures énigmes pour nous, avoient besoin d'éclaircissemens et surtout d'une judicieuse critique. Quelle apparence de publier de pareils monumens dénués de ce secours?

Le moins que je pusse faire étoit de rendre compte de mes laborieuses recherches et de tous les auteurs que j'ai lus pour parvenir à quelque découverte. Or, soit dit en passant et sans vanité, je n'en ai guère moins lu que le savant M. Le Fèvre, père de Mme Dacier, qui, dit-on, avoit lu et relu tout ce que nous avons d'auteurs grecs et latins pour faire un assez petit volume, qui est son *Abrégé de la vie des Poètes grecs*. Enfin, au défaut des lumières que toutes mes lectures n'ont pu me procurer, j'avois la ressource des conjectures, et, selon la remarque d'un savant moderne [1], « le pays des conjectures est la plus grande province de la République des lettres » : c'en étoit plus qu'il n'en falloit pour faire une dissertation d'une juste longueur. Mais, d'un côté, mon imagination ne me suggéroit rien dont je fusse content, et, de l'autre, on me pressoit de satisfaire à l'impatience du public. J'ai donc pris le parti de me borner à une version littérale et fidèle. Peut-être un jour retrouvera-t-on d'autres fragmens de ces mêmes ouvrages, aussi heureusement qu'on a retrouvé toute la

1. M. Morin, membre de l'Académie des Inscriptions.

suite de Pétrone à Belgrade ; je puis promettre au moins que je n'épargnerai ni soins ni dépenses pour recouvrer, s'il est possible, un manuscrit plus complet que celui de Constantinople. En attendant cette riche découverte, tout ce qu'on peut dire sur ces curieux débris se réduit à quelques observations.

Quoique j'aie examiné le style et le tour de ces fragmens d'assez près pour être bien fondé à soupçonner qu'ils sont l'un et l'autre de la même main, je n'ose pourtant pas hasarder une décision de cette nature, et c'est un point de critique que j'abandonne à gens plus versés que je ne le suis dans la littérature grecque et arabe.

Le premier, qui a pour titre *les Soupers de Daphné,* paroît être une espèce d'imitation des *Festins d'Athénée*. L'auteur, dans la description de Daphné, est assez conforme à Procope et aux historiens du

Ve siècle. Au surplus, je ne puis déclarer si Titianus qui raconte ses aventures n'est qu'un personnage interposé ou le véritable auteur de l'ouvrage. Quant aux *Dortoirs de Lacédémone*, c'est un dialogue entre Aristippe et Laïs sur la volupté qui pourroit bien être l'ouvrage de quelque philosophe cyrénaïque.

Au défaut des originaux grecs, qui apparemment ne subsistent plus, j'avois dessein de faire imprimer le texte arabe avec ma version, et c'étoit l'avis de bien des gens de goût; mais j'attends une ample collection de variantes pour la donner dans toute sa splendeur et sa pureté.

tres. Si j'avois, comme vous, l'art de faire passer dans la légèreté de mes expressions toutes les nuances de mon âme, au lieu d'un récit froidement historique, vous auriez une peinture animée qui vous feroit participer en quelque sorte à mes délices : des images vivantes, pleines du feu et de la vérité des objets, en feroient découler une partie jusqu'à vous et m'y replongeroient de nouveau moi-même. Sans tous ces talens, j'essayerai pourtant d'égayer le sérieux de votre retraite, et, si je ne réussis pas à vous amuser, j'aurai le soin de ne vous pas ennuyer longtemps.

Dans votre voyage de Syrie vous avez vu, cher Euphorion, la célèbre ville d'Antioche et son délicieux faubourg situé sur les bords du fleuve Oronte ; mais vous voyagiez pour l'amour des sciences, accompagné du triste Cratyle. Avec cet austère surveillant vous étiez en garde contre toute la nature, et, par conséquent, très peu sensible aux charmes de cette heureuse contrée. On ne remarque bien les agrémens d'un pareil séjour que quand on en jouit, et vous n'avez rien vu à Daphné, car vous n'avez joui de rien. Il faut donc vous y ramener avec des yeux un peu plus mondains et vous en retracer les délices.

Daphné est à cinq milles d'Antioche : distance commode en ce qu'on y jouit du commerce de la ville et de la campagne, sans en avoir les inconvéniens, ou de la solitude ou de la foule.

Cet éloignement fait regarder Daphné comme un lieu de plaisance moins dépendant que voisin d'Antioche, et la facilité du commerce fait qu'on l'appelle un de ses faubourgs. Il est au midi de la ville. Vous connoissez ce bois enchanté... Mais non, il faut vous le décrire ; vous ne l'avez vu, comme tout le reste, que par les yeux de votre stoïcien : deux coups de pinceau de ma façon vous rendront bien des objets nouveaux. Le bois en question a dix milles de circuit ; il est consacré à Apollon et à Daphné et mêlé de lauriers et de cyprès. Une verdure dont nulle saison n'altère la vivacité y fait régner un printemps perpétuel ; tous les arbres en sont droits, fort élevés et dans un alignement irrégulier qui, sans leur ôter entièrement cette confusion et cette négligence qui font la parure des forêts, bannit seulement l'horreur de celle-ci. Le fer a respecté ces arbres immortels, et, par les édits des empereurs, il est sévèrement défendu d'en couper aucun. Une infinité de sources et d'eaux vives, de cascades naturelles et de canaux, coulent de tous côtés, et, par leurs coupures, forment un mélange si charmant que l'œil n'a rien à désirer pour la beauté du paysage. Je ne vous dirai pas que Philomèle y chante mieux que dans les autres bois, que ses accens y sont plus harmonieux; mais tant d'autres agrémens réunis doivent rendre celui-ci encore plus touchant. Que d'attraits pour les rêveries d'un philosophe de ma trempe! Mais que j'aime ces bosquets solitaires dont jamais le soleil n'a percé les ombres, ces grottes de verdure impénétrables au jour! Mes pas m'y ramenoient sans cesse; ces doux asiles du mystère n'offrent que les traces du plaisir, et partout sont marqués les pas des Amours.

Les divinités qu'on adore à Daphné sont les deux enfans de Latone, qui ont chacun un temple superbe. Celui d'Apollon surnommé Daphnéen, bâti de marbre pentélique, est vaste et orné d'un beau péristyle; la statue d'Apollon, dont les oracles sont aussi célèbres que ceux de Delphes, ne cède point en grandeur à celle de Jupiter Olympien. A l'entrée du parvis est une fontaine dont l'eau est particulièrement estimée pour son extrême fraîcheur et sa clarté : on l'appelle *la Fontaine de Daphné.*

Le temple de Diane est plus petit, d'une architecture fort simple et presque sans aucun ornement, mais d'un marbre de Paros plus blanc que la neige. La plupart des maisons de Daphné sont assises sur les bords du fleuve et jouissent de la vue de ce beau canal, les autres sont tournées vers le bois; toutes ont l'aspect du monde le plus riant et sont agréablement bâties.

Ajoutez à tous ces avantages un ciel pur et toujours serein, un air sain, égal, tempéré, un terroir fertile et bien cultivé, des fruits admirables et en abondance, vous aurez une idée du faubourg d'Antioche. Baïes, ce séjour dont la douceur enchaîne les voluptueux Romains, et l'heureuse Canope dont les habitans d'Alexandrie vantent la situation, n'en sont que de foibles tableaux. On retrouve à la fois dans Daphné les délices et l'abondance de Capoue, la mollesse et le luxe de Sybaris, les profusions et la sensualité de Tarente, la licence et la galanterie de Naples ; le goût de la volupté s'y communique avec l'air qu'on y respire, et vivre délicieusement s'appelle aujourd'hui « vivre à la Daphné ».

La déesse de Syrie, la tendre Astarté, n'y a point encore de temple, mais elle a des autels dans tous les cœurs; tous sacrifient à la mère des Amours, et l'on n'y voit point d'insensible.

Pompée le Grand, charmé de la beauté du lieu et voulant encore l'embellir, donna de nouvelles terres aux habitans. Quelques empereurs ont préféré cette retraite au siège de l'empire, et Marc-Antoine, le grave Antonin, fit trêve avec la philosophie pour goûter les délices de Daphné.

Ce lieu, qui semble uniquement consacré à la paix et au plaisir, est pourtant assez bien fortifié. Les Romains y entretiennent une garnison composée d'une légion entière; mais, sous Alexandre Sévère, ce séjour avoit tellement amolli les soldats que plusieurs officiers payèrent de leurs têtes le relâchement de la discipline et de l'austérité militaire.

Telle est la scène délicieuse où je veux vous transporter aujourd'hui.

J'arrive à Antioche quelques jours avant les fêtes d'Apollon qui se célèbrent à Daphné; j'étois adressé par Lamprias, riche négociant de Chypre, à Ampélide, son correspondant, qui se chargea de me procurer tous les agrémens qui dépendroient de lui. Cet Ampélide est un aventurier de Nicosie qui s'est prodigieusement enrichi par le commerce maritime (on veut qu'il y ait eu un peu de piraterie) et qui a choisi le séjour d'Antioche pour y étaler son opulence. Ses biens immenses et ses profusions le faufilent avec la noblesse et les principaux habitans. Sa maison, plus fréquentée qu'un temple et aussi publique que celle du préteur, ressemble plutôt au palais d'un satrape qu'au logement d'un citoyen. On y voit un concours perpétuel de gens de toutes conditions et même des nobles de la ville qui viennent en foule adorer la Fortune et encenser bassement son idole.

Sa table, dont le luxe appauvriroit celles de Sminiride et de Cléopâtre, est ce qui attire principalement ces illustres parasites. Au reste, quoique Ampélide vive avec eux à peu près comme avec ses cliens, il n'est, à proprement parler, que leur intendant et leur économe : car ils jouissent réellement plus que lui-même de ses propres biens, et il est moins riche pour soi que pour eux. Il a des enfans dont tout le mérite est de ne pas dégénérer du faste et du luxe de leur père, et qui n'ont aucun de ses talens pour accroître ou conserver leur bien...

. . . .

Nota. Dans l'arabe que nous traduisons, il y a une lacune en cet endroit qui paroît assez considérable; nous avons cru qu'il valoit mieux la représenter fidèlement que d'imiter quelques philosophes modernes qui ont tenté sans succès de rétablir de pareils vides dans les originaux.

Le centurion Largus, qui s'étoit mis lui-même du voyage solidairement avec Prasine, est un gros garçon court et ragot, qui est le premier homme d'Antioche pour faire les honneurs d'une bonne table et pour louer le vin de Lesbos. On le dit fils d'un affranchi qui, après avoir passé exactement tous les degrés de la fortune sans en avoir décliné un seul, parvenu assez vieux à la questure, a poussé ce cadet dans les armes pour lui faire jeter les fondemens de sa maison. Il est vrai qu'il n'a point l'inclination aussi guerrière que l'aîné, qui est centumvir ou dans la judicature; mais, en récompense, il mange son bien et celui des autres fort noblement. Voilà tous ceux qui nous accompagnèrent à Daphné.

Nous arrivons dans ce faubourg un peu avant le coucher du soleil. Nous entrons dans une maison vaste et spacieuse comme un cirque : quantité de litières et de chevaux, qui remplissoient déjà deux grandes cours, annoncent une nombreuse recrue d'hôtes qui avoient pris possession du logis. Ils étoient répandus partie dans les salles, partie dans les jardins et dans les vergers; un peuple d'esclaves et de domestiques s'empressoit, couroit de tous côtés; Ampélide, au milieu d'une brillante escorte, marchoit lentement, appuyé sur le bras de la complaisante Melsaria, qui plioit déjà sous son propre embonpoint. On parvient dans un grand vestibule d'où l'on découvre à la fois cent différentes scènes, bois, jardins, eaux, campagnes, édifices; on diroit que la nature et l'art ont à l'envi rassemblé sous les yeux tous ces agréables objets. On voit même la ville d'Antioche, qui, par une perspective admirable, semble se rapprocher dans l'éloignement à mesure que ses extrémités se confondent avec les premières maisons de Daphné. La nuit vient ; on nous fait passer dans un magnifique salon où l'on se rassemble de toutes parts. Là les visages s'épanouissent ou se couvrent les uns à la vue des autres. Vous savez l'effet du premier abord dans une compagnie nombreuse : politesse forcée, caresses contraintes, faux épanchemens, contorsions à droite et à gauche; on répond de la tête, on parle des mains; la familiarité dans un moment a fait plus de chemin que la connoissance.

Après le premier choc des civilités on se partage en divers cercles; chacun prend parti selon son attrait, et se rallie soit auprès des dames les plus accréditées et les plus apparentes, soit auprès de ceux qui imposent le plus par le rang, l'extérieur ou le ton. Cependant j'étois seul, isolé au milieu de cette honorable cohue, et fort embarrassé de ma contenance, lorsque Ampélide, m'ayant aperçu : « Que vous ai-je dit, mon cher Titien ? me cria-t-il. Vous voyez qu'il n'y a pas moyen de quitter Antioche, la ville nous suit à la campagne. »

Ce peu de paroles adressées à un inconnu que personne n'avoit encore remarqué fit apparemment tomber comme un voile épais qui me cachoit aux regards de l'assemblée, et il n'en fallut pas davantage pour attirer tous les yeux sur moi et peut-être pour me donner un air de considération. Un homme, qu'à son empressement flatteur et au tour de ses politesses exagérées je reconnus pour un de ces véridiques Crétois qui s'introduisent aujourd'hui partout, me jugea digne de son attention et vint généreusement dissiper ma solitude. Il faut tirer parti des hommes et mettre à profit tous les caractères. Celui-ci me parut tout propre à me servir de guide dans un pays plus étranger pour mes mœurs que tout ce que j'avois vu dans mes voyages; mais il me prévint lui-même, il m'offrit de me mettre au fait des gens avec qui nous avions à vivre, et d'abord, entrant en matière : « Vous avez, dit-il, malgré votre jeunesse, un air de discrétion qui vous ouvre tous les cœurs, et qui m'obligera de retrancher tous les mystérieux préliminaires qui pourroient faire languir votre curiosité.

« Voulez-vous, continua-t-il en baissant la

voix, avoir de bonne main la chronique d'Antioche? Seriez-vous bien aise d'être instruit des galanteries, des intrigues secrètes et des intérêts de toutes les personnes que vous voyez? Je suis en état de vous satisfaire plus que personne, car personne n'est plus répandu que moi, et des liaisons de toutes sortes et de toute espèce, jointes à un grand usage du monde, m'ont mis à portée de n'ignorer rien de ce qui se passe d'intéressant soit à la ville, soit à la campagne.

« Vous avez entendu parler de l'enlèvement d'Albionice? Il y a des circonstances peu connues; elle avoit épousé un petit publicain, de ces gens destinés uniquement pour servir d'étiquette aux attraits d'une femme. Un jeune étranger prend du goût pour elle, la fait éclipser et l'emmène comme un vrai corsaire. Un pareil enlèvement, dans votre Grèce, auroit tout mis en combustion; son mari seul, l'homme d'Antioche qui sans doute y avoit le moins d'intérêt, crut devoir pour son honneur faire quelque bruit; mais il est homme d'accommodement: bientôt il voulut entrer en négociation avec sa femme et traiter de ses droits à l'amiable. Sa tendre moitié lui fit offrir une pension sur le revenu de ses charmes; mais, après lui avoir tenu quelque temps le bec dans l'eau, la négociation fut rompue, et il est resté seul chargé de tout le ridicule de cette aventure.

« J'ai eu le secret des amours naissans, des tendres projets de la jeune Chlore. La fière et faible Arsinoé, en secret rivale de sa fille, avoit déjà disposé de sa main et comptoit pour elle-même disposer du cœur de son respectable amant. Une fuite mal concertée les dérobe à sa tendresse et à son ambition. Le couple entreprenant va renouveler l'héroïsme aventurier de la mère et commence un roman sur le plan du sien; mais l'imprudence conduit tous leurs pas, et le nouveau Thésée rate sa conquête. Vous savez le dénouement de l'aventure : quel sera le Bacchus de cette Ariane?

« J'ai su le premier l'intrigue d'Agathias avec la femme du vice-préteur. Toutes les mères les prônoient à leurs filles, tous les maris les vantoient à leurs femmes. Jeune, belle, spirituelle, vertueuse, elle faisoit envier le sort de son époux; s'il en étoit idolâtre, elle l'adoroit.

« Cet amour conjugal étoit trop violent pour

être un simple effet de l'inclination : c'étoit le premier feu d'un tempérament que les traces de l'éducation et le défaut d'expérience retenoient dans les bornes du plaisir permis, mais à qui le goût du monde et l'exemple devoient bientôt faire prendre l'essor. Je me défie d'une vertu raboteuse, j'en vis quelques traits qui ne servirent qu'à confirmer encore mes indices; je prédis qu'elle n'iroit pas loin. Effectivement, peu de temps après, elle devint femme comme les autres. »

Après plusieurs autres histoires pareilles dont je savois déjà une partie : « Voyez-vous, ajouta-t-il, ces deux femmes qui s'entretiennent si affectueusement? Ce sont les deux rivales les plus pacifiques qu'il soit possible de trouver : l'une est la femme et l'autre la maîtresse du vieux Strabon. J'ai entendu leur conversation; la première a besoin du crédit de l'autre et veut obtenir par son canal quelque chose de son mari; elle n'a que cette voie-là pour réussir, et l'autre lui promet ses bons offices. Devineriez-vous que ce grand homme sec qui parle sans cesse à l'oreille de cette grosse femme est son mari? La figure originale que vous voyez est la plus franche coquette d'Antioche. Vous croiriez son époux bien amoureux d'elle? Rien moins : il s'est imaginé qu'il étoit de son honneur d'être sur la liste des amans de sa femme, et de persuader au public qu'il est du moins aussi bien avec elle que mille gens qui sont sans conséquence. Examinez bien cette petite femme qui parle avec feu à ce jeune homme habillé moitié ville, moitié campagne : c'est l'épouse d'un magistrat qui, dit-on, ne s'est marié rien moins que pour lui; il est vrai qu'elle porte son nom, qu'elle couche naturellement et ordinairement chez lui, qu'elle y reçoit quelques visites, mais elle a son ménage ailleurs.

« Ce jeune homme-là est un riche garçon qui s'est voué pour elle au célibat, c'est chez lui proprement dit qu'on est établi; elle le gouverne, lui et toute sa maison, ils mangent régulièrement ensemble, elle lui donne des domestiques et gronde ses gens.

« Elle n'est pas tout à fait sa femme, et elle est beaucoup plus que sa maîtresse; on ne sauroit définir cet assemblage. »

Mon homme étoit en train de conter et n'étoit pas près de finir, lorsqu'un officier d'Ampélide, dont l'habillement seul valoit au moins le prix de deux ou trois métairies, vint avertir qu'on avoit servi. « Seigneur Agamemnon, dit Ampélide en s'adressant à cet officier, comment nous faites-vous vivre ce soir? » Le seigneur Agamemnon répondit que l'on mangeroit dans le pavillon de Vertumne. « J'entends, reprit le fastueux patron ; nous ferons assez petite chère, mais il faut vivre à la campagne un peu plus frugalement qu'à la ville. »

Il se lève aussitôt, et nous le suivons, à travers plusieurs allées de myrtes, dans un superbe pavillon.

Une table de trente couverts offroit l'ambigu le plus somptueux qui jamais eût été servi dans les festins de Caprée à Tibère, ou à Pouzzoles chez Lucullus. On me sépara de mon pauvre Crétois, qui ne fut pas à beaucoup près placé aussi honorablement que moi; mais, quoiqu'il y eût eu infiniment de profit à causer avec un homme aussi bien instruit, je n'eus pas lieu de regretter son entretien.

On me mit entre deux jolies femmes dont le voisinage méritoit d'être envié par toute la compagnie.

C'est ici, cher Euphorion, que je crus être à la table des dieux. Quel coup d'œil, ô Ciel! quel spectacle enchanteur! Le salon, le buffet, la table et les convives ravissoient également mes yeux. Le salon, ouvert de tous côtés, donnoit sur une orangerie; il étoit éclairé d'un nombre infini de lumières que les glaces et les cristaux répétoient et multiplioient encore. La richesse du buffet ne peut se décrire, je n'en ferois qu'affoiblir l'idée en voulant la réduire aux miennes. Là brilloient mille vases précieux, tous ciselés de la main de Myron. L'argile de Samos et la terre de Sicile, par leur délicatesse et leur fragilité, y disputoient de prix avec l'or et l'argent. Jamais Verrès ne remporta de sa questure tant de vases différens.

Pour la table, l'œil étoit partagé entre la propreté et la symétrie, l'abondance et la diversité des mets. Les présens de Pomone, les dons de Comus, étoient agréablement entremêlés, et Flore embellissoit tout de ses couleurs.

La vue enchantée d'un si bel ordre en invitant le goût arrête la main. Mais comment vous dépeindre les agrémens que vingt beautés assises à cette table ajoutoient encore à ce spectacle? De beaux yeux animés par la joie et par la bonne chère ne sont déjà que trop séduisans; mais, quand des attraits qui peuvent soutenir le jour en empruntent encore des lumières de la nuit; quand les lustres et les flambeaux viennent répandre un fard innocent sur les visages, et, par un clair-obscur inimitable, donner aux traits cet adoucissement ou ce relief qui échappe au pinceau, vous pouvez vous figurer l'effet d'une aussi aimable perspective. Comme le salon étoit spacieux et bien percé, le grand nombre des convives n'empêchoit point de goûter la fraîcheur des jardins qui nous environnoient de tous côtés. Un air délicieux, qui se renouveloit sans cesse, nous l'apportoit avec l'odeur des myrtes et des orangers. Ce doux parfum venoit se confondre avec les délicates fumées des viandes; ainsi l'odorat invitoit encore et servoit en même temps le goût. Le plaisir de la bouche est ordinairement celui qui rassemble tous les autres et le moins durable de tous. La vue des objets agréables et les approches d'une femme qu'on aime nous en laissent de vives idées qui, dans l'absence de l'objet, nous représentent la réalité. Qu'une lyre harmonieuse ou qu'une belle voix se fasse entendre, il reste dans l'oreille comme un doux écho qui nous en répète les sons. L'odorat conserve quelque temps les traces et le sentiment des odeurs. La durée de l'ingrat plaisir de la bouche se termine à l'action purement machinale; il s'évanouit dès l'instant qu'on le goûte, il échappe à mesure qu'il renaît : l'imagination ne peut le rappeler, et, s'il nous laisse quelque impression, ce n'est qu'un sentiment amer ou douloureux qui punit notre gourmandise. Je passerai donc rapidement sur un très rapide plaisir. Le divin Grillus, entre les mains duquel tout se change en nectar et en ambroisie, s'étoit surpassé lui-même, et Marc-Antoine auroit payé tout au moins chaque plat du don d'une ville. Que vous dirai-je enfin! Concevez tout ce qu'il est possible d'imaginer en fait de bonne chère, d'exquis, de délicieux, de relevé, de fin, de piquant ; rassemblez tous les termes inventés pour l'art voluptueux des Apicius, vous ne trouverez rien au-dessus de l'idée que je veux vous donner de ce repas. Cent flacons, ensevelis sous la neige dans des pintes d'argent, remplissoient de temps en temps les coupes des plus excellens vins de Grèce et d'Italie.

La joie, la volupté, l'aimable ivresse, couloient à la fois dans tous les cœurs, et toujours au fond de la coupe naissoient les ris et les doux propos. A mesure que l'appétit faisoit place à la pure sensualité et que la sensualité s'émoussoit, les langues se délioient peu à peu et la conversation qui s'engageoit alloit devenir générale, lorsque Ampélide, l'interrompant : « Glycère, dit-il, a promis de chanter, il faut qu'elle nous tienne parole. » Tout le monde aussitôt jeta les yeux sur la charmante comédienne, et Damoclès, qui l'avoit amenée, voulant faire les honneurs de sa voix, lui demanda je ne sais quel hymne, connu, disoit-il, de très peu de personnes. Glycère, après quelques façons et les minauderies ordinaires, se rendit aux instances de la compagnie. Il se fit un profond silence, et son facile gosier se déploya. A mesure qu'elle chante, sa voix flexible semble augmenter à chaque instant de netteté, de force et d'étendue; tout à coup elle perce les airs, éclate et s'élève, ou s'enfle par degrés, puis elle baisse et descend peu à peu, toujours dégradée avec art, toujours pleine dans ses inflexions, toujours juste dans ses mouvemens. Tantôt c'est un rossignol qui pousse fièrement les traits harmonieux d'une tenue ou qui roule avec des tons flûtés une fugue touchante; tantôt c'est une tourterelle qui prononce des tons languissans remplis de douceur et de tendresse; tantôt c'est une fauvette dont la voix légère voltige, joue et papillonne dans les cadences d'une ariette. Telle l'enchanteresse Glycère ravit et transporte toute l'assemblée.

Pendant qu'elle chante, l'oreille, enivrée de plaisir, éprouve un doux ébranlement qui passe jusqu'au cœur, qui le remue et qui le dilate. Après qu'elle a chanté, on sent encore une tendre émotion, un retentissement semblable à ces sons mourans qu'un écho mélodieux traîne encore après la voix expirée . . . .

. . . .

Nota. Cette seconde lacune ne paroît pas moins considérable que la première et sera peut-être encore plus regrettée.

« Je ne prétends pas, reprit Hermotime, justifier toutes les femmes et donner toujours tort aux maris, quoiqu'un mari ait toujours tort de ne point être aussi aimable qu'un amant; mais il y a des fautes si excusables, des foiblesses si autorisées par les circonstances où se trouve une femme, qu'en vérité ce ne sont presque plus des fautes, et qu'on devroit leur chercher un nom qui, sans désigner une entière innocence, n'emportât point aussi l'idée d'un crime.

« Une jeune beauté telle qu'Artémise, immolée aux droits de sa naissance et à l'éclat du rang, laisse engager sa main et reçoit le joug qu'une ambitieuse autorité lui présente; mais son cœur est demeuré libre. La nature a ses droits à part dont aucun pouvoir ne sauroit disposer; elle proteste en secret pour la victime contre la violence qu'on lui fait; ses momens sont marqués, il vient un temps qu'elle revendique la liberté, qu'elle réclame les droits de son cœur, et bientôt l'amour l'émancipe.

— Votre morale, interrompit Delphire, ne sera pas du goût des maris, mais elle peut s'appliquer à bien des cas autres qu'à celui de l'adorable Artémise. On peut considérer en général un mari comme un tyran autorisé, et un amant comme un esclave volontaire; or, quand une jolie femme se trouve entre un amant et un mari, jugez si, à supposer d'ailleurs tous les avantages égaux entre eux, l'amour du devoir peut être assez fort pour faire balancer un instant entre deux conditions aussi opposées que sont l'empire et l'esclavage. Car, enfin, cette infidélité dont les hommes font un si grand crime aux femmes ne consiste le plus souvent qu'à reprendre sur un amant les droits qu'un époux usurpe sur nous. Mais je vois qu'insensiblement les réflexions nous ont menés loin, et j'aime mieux entendre Hermotime achever les portraits qu'il a commencés. Nous en étions au prince d'Arménie.

— Si je voulois peindre le caractère du prince d'Arménie, continue Hermotime, la raison, le bon sens, la probité, la bonté, seroient à coup sûr le fond du tableau. Ce prince se développe de jour en jour, mais il perd encore beaucoup à n'être point assez connu par la défiance qu'il a de lui-même. Il regarde la royauté comme une charge dont la représentation souvent coûte encore plus que les travaux; il sait pourtant l'estimer ce qu'elle vaut, il en connoît les prérogatives; mais, après avoir donné en public tout ce qu'il doit au caractère (sans négliger le cabinet), il aime, pour ainsi dire, à rentrer chez lui, à jouir de sa fortune en homme privé, et il semble n'être la plupart du temps que le premier bourgeois de son royaume. Il n'a pas les passions assez vives pour en faire craindre de dominantes, et la douceur de son tempérament les tient dans une espèce d'équilibre qui n'en laisse point apercevoir de décisives pour son caractère. On dit que ce prince est timide avec le sexe et que sa qualité de souverain ne lui donne pas le privilège d'être plus entreprenant que les autres hommes, mais seulement d'être dispensé des préliminaires d'un tendre commerce. On ne sait point encore s'il est délicat en amour, mais on présume qu'une jeune femme délicate pourroit un jour le rendre tel et tourner son cœur aux belles passions.

— Ce que vous nous dites, reprit Delphire, de la vie privée du prince d'Arménie me donne une curiosité. Je voudrois savoir s'il est de la Société des Bâtisseurs. On dit qu'il y a des souverains dans cette secte moderne [1].

---

1. *Nota*. Je ne sais si le mot *Bâtisseur* répond à toute la force des mots arabes *Banna* et *M'jîmari*, employés indifféremment dans le texte que je traduis.

— A propos de Bâtisseurs, s'écria vivement Chelidonium, ne pourrons-nous jamais découvrir le prétendu secret de cette cabale, plus impénétrable que les mystères d'Orphée ou que ceux de la Bonne Déesse? En vérité, nous devrions toutes autant que nous sommes de femmes à Antioche nous liguer et conspirer ensemble pour arracher le secret de ces nouveaux mystes.

— Une pareille ligue, répond Damoclès d'un air qui déceloit le *Bâtisseur,* seroit sans doute bien redoutable; mais l'inutilité des efforts que j'ai vu faire à plusieurs belles pour tirer ce secret de leurs amans ou de leurs époux me feroit douter que la violence et les forces réunies de ces dames pussent aujourd'hui leur réussir mieux. Aristomaque, continua-t-il, venoit d'être admis dans la société. Son épouse, dont la beauté feroit succomber tous les Pythagoriciens du monde, entendit parler de cette nouvelle secte. Quelqu'un avoit malicieusement glissé dans la conversation quelques idées de foi socratique, dont on savoit pourtant que les Bâtisseurs sont fort éloignés. Il y avoit de quoi effrayer des dames beaucoup moins emportées que ces femmes de Thrace qui déchirèrent le pauvre Orphée sur de pareils soupçons. L'épouse d'Aristomaque court sur-le-champ communiquer ses alarmes et sa jalousie à douze ou quinze femmes de qualité. On s'assemble, on complote, on se promet de mettre en usage tous les moyens qu'une femme aimable peut avoir pour vaincre la résistance d'un mari. Tout fut inutile, aucun ne trahit le secret, et les annales des Bâtisseurs ne sont chargées d'aucun trait de foiblesse dont les dames puissent faire honneur à leurs charmes.

— Nous nous serions fort bien passés de votre histoire, reprit Chelidonium d'un ton piqué : on ne compte pas assez sur votre complaisance pour s'attendre à tirer d'autres lumières de vous; mais Hermotime est assez instruit pour nous donner une idée de cette fameuse Bâtisserie, et c'est ce que je lui demande au nom de ces dames.

— La Société des Bâtisseurs, dit Hermotime, a pris naissance dans la nouvelle île de Samothrace, où elle est aussi le plus répandue. On sait que cette île est le berceau ou l'asile de toutes les singularités du monde; le particularisme et l'esprit de cabale y partagent tous les habitans en une infinité d'associations qui dégénèrent souvent en partis; c'est peut-être ce qui a obligé des souverains à défendre dans leurs États une société venue d'un pays où et dont on craint l'air. Je suis pourtant persuadé qu'au fond elle n'intéresse en aucune manière ni le gouvernement ni les mœurs.

« Toutes les conditions, tous les États, depuis le sceptre jusqu'à la houlette, y sont admis, et l'on peut regarder cette société comme une espèce de cynisme dont l'esprit est de ramener les hommes à l'égalité naturelle et primitive. Cette secte a cela de commun avec toutes les autres sectes modernes qu'on n'y entre point gratuitement; mais les frais ne sont point considérables, et les riches payent pour les pauvres. On dit qu'ils se regardent tous comme frères, et qu'ils s'assistent mutuellement de leurs services et de leurs bourses; en ce cas, il seroit à souhaiter que tous les hommes soient Bâtisseurs.

« Les marques et les ornemens de cette profession sont : un compas, une équerre, une règle, une truelle et un tablier; c'est là l'équipage du Bâtisseur. Le chef de la *Bâtisserie* porte pour égide sur la poitrine un soleil et un compas renversé. Cette société fait à Samothrace une espèce de procession publique dans des chars. Je ne puis rien vous dire des règles ni des cérémonies de la réception, qui sont lettres closes pour moi; mais j'ai lu le prétendu serment qu'on exige de tous les récipiendaires : il roule principalement sur le secret que l'on jure de garder inviolablement sous les peines les plus cruelles. Voilà, Mesdames, tout ce que je sais de la Société des Bâtisseurs; je ne suis point curieux d'aller plus loin, et, en vérité, je ne ferai nul effort pour découvrir un prétendu secret qui n'a peut-être, comme bien d'autres, rien de merveilleux que le mystère.

— Eh! ne voyez-vous pas, répondit Delphire, que c'est justement l'enveloppe qui pique notre curiosité? Nous sommes persuadées comme vous que rien dans le fond n'est moins sérieux, et que l'on se doute bien que les hommes n'ont inventé cette mystérieuse bagatelle que dans l'idée de nous faire enrager.

— Pour moi, reprit l'enjouée Clytie, j'ai le secret de mortifier les gens mystérieux eux-mêmes, et c'est de n'être point du tout curieuse; je connais beaucoup de Bâtisseurs ou soi-disant tels, mais je ne leur ai jamais parlé de leur cabale que pour m'en moquer. Il faut à ce sujet que je vous conte l'histoire de trois femmes de ma connoissance qui n'ont rien oublié pour arracher ce prétendu secret de leurs amans, et qui ont été bien cruellement les dupes de leur curiosité. Je tiens d'elles-mêmes cette histoire et je vais les faire parler.

« J'avois entrepris, dit la première, de faire succomber mon amant. Je lui donnai rendez-vous chez moi et je l'attendis sous les armes; il arrive, je l'accable de caresses et je mets tout en usage pour l'enflammer, bien résolue de l'arrêter au milieu de mes embrassemens. Il s'abandonne à ses transports, il se plonge dans cette ivresse, dans ce délire où je le voulois. Mais, en l'attaquant avec tant de vivacité, je n'étois plus sur la défensive et déjà j'étois toute en feu moi-même; mon désordre l'irrite encore, il gagne peu à peu le terrain, il entre malgré moi dans la lice. Hélas! je m'étois si bien promis de ne pas lui laisser faire tant de chemin!

Je veux commencer à m'expliquer, ma voix expire dans ma bouche; il me prend une foiblesse, mon cœur se fond, je n'y suis plus, le traître achève et me laisse, noyée dans le plaisir, exhaler en soupirant ma confusion... Rendue à moi-même, je voulus d'abord exiger avec autorité la confidence dont l'ingrat étoit déjà payé; c'en étoit fait, il avoit tout l'avantage sur moi, il sut éviter le conflit, et je n'ai jamais pu y revenir.

— Je m'y suis prise, dit la seconde, d'une manière un peu différente, et j'ai été trompée bien plus tristement. Mon amant vint un jour me voir à l'heure que je l'avois mandé; j'avois pris tous mes avantages, et j'étois contente de moi; je feignis subitement une migraine et j'ordonnai à mes femmes de me déshabiller. Mon amant comprit ce que vouloit dire une migraine venue si à propos, et, d'abord, je le vis prendre feu. On me déshabille en sa présence, et toutes les circonstances de ma toilette l'enflamment davantage et de plus en plus. Vous n'ignorez pas avec quel art une femme adroite sait ménager la vue de ses appas sans trop montrer ce qui pourroit émousser le désir curieux du galant, sans cacher aussi ce qui peut l'irriter. On nous laisse seuls, je me mets au lit; bientôt mon amant s'y précipite, il m'embrasse, je le rebute, je me dérobe à ses caresses; mes refus l'animent, ses transports redoublent, il devient plus vif et plus pressant : je reste insensible, j'évite ses approches, et j'affecte une froideur qui le désespère. Il veut savoir la cause de cette bizarrerie; je lui explique après bien des façons l'objet de ma curiosité; mais tout à coup son feu s'éteint, il devient immobile et aussi froid que j'avois affecté de l'être, la seule proposition l'a glacé : malheureusement sa vivacité m'avoit déjà mise dans un désordre que je ne pouvois presque plus lui cacher. Maudite sensibilité! Hélas! encore un instant, peut-être, et j'allois lui demander moi-même ce qui m'avoit tant coûté à lui refuser. Il m'épargne cette confusion, il saute hors du lit, se rhabille et s'en va. Ainsi je me vis privée des douceurs que l'amour me présentoit de si bonne grâce, et je perdis avec mon étalage l'espoir de satisfaire ma curiosité.

— Mon aventure, dit la troisième, a beaucoup de conformité avec les vôtres; mais vous allez voir que, si je n'ai pas mieux réussi que vous dans mon but, j'ai tiré meilleur parti des moyens. Mon mari est de la cabale en question, et j'avois inutilement mis tout en usage pour le faire parler, quand je découvris que mon amant venoit d'être initié dans la même secte. Un amant est moins fort qu'un mari, je tournai ma batterie de ce côté-là ; mais vous ne devineriez jamais l'expédient dont je m'avisai. Je feignis d'être amoureuse de mon mari, je lui faisois publiquement des mines et je l'importunois de mes caresses. Mon amant me rencontroit partout avec lui, et ne pouvoit plus trouver un moment pour m'entretenir et s'expliquer ; le voilà piqué, jaloux, furieux : c'étoit justement là où je l'attendois. Je lui ménageai un tête-à-tête pendant l'absence de mon mari ; il débuta par des reproches ; je mis les Bâtisseurs sur le tapis ; je lui dis d'un ton ferme et sérieux que je ne voulois pas d'un amant qui eût de pareils secrets pour moi, que mon mari étoit plus confiant, qu'il mettoit à ce prix l'attachement que je continuerois d'avoir pour lui ; qu'aux premières marques de ma tendresse j'étois sûre de la voir payer sans délai de cette confidence ; qu'ainsi tout ce que je pouvois faire pour mon amant étoit de lui donner la préférence. Le pauvre garçon s'attendrissoit et commençoit à s'ébranler, lorsqu'on entend à la porte de ma chambre les pas d'un homme qui l'obligent de se sauver dans un cabinet. C'étoit mon mari qui revenoit donner quelque ordre pour sortir sur-le-champ. Il me trouve sur un lit de repos dans un déshabillé appétissant, animée et même un peu émue du tête-à-tête qu'il interrompoit. Je lui parus jolie en cet état et je réveillai ses désirs ; il voulut user de ses droits, il n'y eut pas moyen de s'en défendre. Après cet impromptu il fut un instant à me dire quelques douceurs ; de Bâtisseurs il n'en fut pas question. Il me quitte à peine que mon amant sort tout enflammé du cabinet ; il avoit entendu distinctement tout ce qui s'étoit dit et ce qui s'étoit fait, je ne pouvois plus le menacer de la foiblesse conjugale ; il étoit furieux d'amour, et, dans le désordre où j'étois encore par la pétulance de mon mari, toute ma personne respiroit une odeur de volupté ; il fit de moi tout ce qu'il voulut, et je n'eus pas la force de refuser ni d'exiger rien. »

Tous ces délicieux entretiens ne m'empêchoient point de donner une partie de mon attention à une jolie brune assise au-dessous de moi. Je m'étois d'abord partagé fort également entre mes deux voisines, et j'avois à ma droite une assez belle blonde; mais les yeux noirs m'avoient insensiblement détaché d'elle et tout à fait attiré sur la gauche; j'étois comme ces fleuves vagabonds qui abandonnent peu à peu certaines rives pour se rejeter sur d'autres bords qu'ils semblent aimer de préférence. Cette image peint au naturel la situation où j'étois à table. Il y avoit un grand vide à ma droite, et ce vide s'étoit formé par les mouvemens imperceptibles qu'on fait à table pour se rapprocher d'une personne dont le voisinage fait plaisir. Nous nous pressions encore, cette brune et moi, et nous nous trouvions si serrés qu'une jambe de femme qui alloit sans cesse brossant et tâtonnant sous la table prenoit à chaque instant un pied femelle pour le mien. J'avois, comme j'ai dit, au commencement du repas, si bien partagé mes attentions entre mes deux voisines à droite et à gauche, que j'avois conservé l'équilibre, mais à la fin la piquante brune m'avoit entièrement entraîné vers elle. Or, cette divine blonde que j'abandonnois ne me voyoit pas fort tranquillement tourner le dos à ses charmes, et me regardoit comme un transfuge; malheureusement elle n'avoit personne à côté d'elle ou à sa portée pour pouvoir user de représailles. Sa solitude l'ennuyoit; elle crut que ces petites avances dont on est réduit à se servir à table pourroient me ramener. Elle se contraignit donc pour allonger une jambe qui portoit toujours à faux; ce quiproquo de galanterie nous divertissoit; mais un mauvais génie vint s'en mêler. Un maudit chien qui rôdoit sous la table, voyant au bout d'une jambe tendue une jolie mule aller et venir, prit goût au badinage, et n'attendoit que le moment de la voir tomber pour la piller. En effet, la malheureuse mule ne tarda pas à quitter le pied. La belle promenoit la jambe pour tâcher de la rejoindre; elle plongeoit sous la table, elle se déhanchoit et faisoit mille contorsions dont nous ne perdions rien, la petite brune et moi. Vous devinez bien ce qu'étoit devenue la mule; le chien s'étoit jeté dessus et l'avoit emportée hors de la salle pour en disposer à son plaisir.

6

Notre blonde décontenancée étoit encore à la quête de sa chaussure lorsqu'il fallut se lever de table; un rouge de pourpre lui monta au visage. Ma charitable voisine, qui savoit toute l'aventure de la mule, se faisoit une idée charmante de la voir clopiner sur un patin. Mais sa malice fut trompée, un domestique officieux vint rapporter la mule à demi rongée. Personne ne la réclamoit et elle passoit de main en main, lorsque enfin la belle au pied nu se vit forcée de la reconnoître. Il parut fort plaisant qu'elle eût été si longtemps sans s'apercevoir ou sans se plaindre de l'absence de sa chaussure, et chacun pensa ce qu'il voulut de cet incident.

Voilà comment finit le souper. De la salle on se répandit dans les jardins. Nous avions la plus belle nuit du monde; j'entends de ces nuits qui ne sont ni trop claires ni trop sombres et qui semblent faites pour les tendres aventures. Je ne fus pas des plus maltraités de la fortune; et ce sont les plaisirs de cette heureuse nuit qu'il me reste à vous décrire pour terminer le premier souper. . . . .

. . . .

LES DORTOIRS

DE LACÉDÉMONE

OU

DIALOGUE DE LA VOLUPTÉ

ENTRE ARISTIPPE ET LAÏS

LAÏS.

. . . . . . Peut-être me trouverez-vous trop voluptueuse et trop profane pour être admise aux mystères de la philosophie ; mais je n'ai pas toujours des philosophes, ou ils ne le sont guère avec moi, et, pendant que je tiens un chef de secte, je veux tirer parti de son commerce. On dit que votre morale est assez commode.

ARISTIPPE.

Comment, commode ! ma philosophie, belle Laïs, est tout à fait de votre ressort, elle ne roule que sur la volupté.

LAÏS.

Bon! je serois donc philosophe sans le savoir... Mais ce n'est qu'une plaisanterie, vous croyez m'échapper par là.

ARISTIPPE.

Je vous parle très sérieusement ; encore un coup, tout mon système est bâti sur la volupté, et je vais vous mettre au fait en deux mots. Vous avez entendu parler d'Épicure et des épicuriens ?

LAÏS.

Oui ; à propos, et je me souviens qu'ils font profession d'être voluptueux : il m'en a passé nombre par les mains.

ARISTIPPE.

Oh ! ceux que vous voulez dire sont des sensuels qui vous expliquent Épicure à leur mode, et qui le prennent à la lettre ; mais les vrais épicuriens, ou du moins ceux qui se donnent pour tels, n'admettent qu'une volupté spirituelle, qu'ils font consister dans un état de pure impassibilité appelée l'indolence épicurienne, c'est-à-dire dans un état exempt de trouble et de passion et, par conséquent, de plaisir et de peine. Vous voyez qu'une pareille volupté est une chimère, et qu'un voluptueux de la façon d'Épicure n'est pas moins un être de raison que le sage des stoïciens.

LAÏS.

Effectivement cette indolence est une espèce de léthargie ou tout au moins un profond sommeil pendant lequel sont suspendus tous les biens et les maux de la vie.

ARISTIPPE.

Vous me volez, belle Laïs : c'est justement ma définition.

LAÏS.

Mais ces sensuels qui se livrent bonnement, sur la foi de votre Épicure, aux plaisirs du corps, ne me paroissent pas si visionnaires.

ARISTIPPE.

S'ils entendent mal sa doctrine, du moins ils semblent adopter la mienne, et je suis en droit de revendiquer cette espèce de voluptueux : car la volupté que je professe est une volupté purement corporelle. Je rapporte au plaisir et à la douleur toutes les passions et toutes les affections humaines. Je définis le plaisir une émotion douce et la douleur une émotion violente. Je prétends que ces deux mouvemens sont le principe et la fin de toutes nos actions. Parcourez toute la vie de l'homme, vous trouverez qu'elle roule uniquement sur ces deux mobiles. Tout ce qui a le sentiment est, par sa nature, invinciblement porté au plaisir; c'est lui que nous cherchons en naissant, même avant que la raison nous fasse discerner ce qui mérite notre aversion et ce que nous devons embrasser; et enfin toute la vie se passe à poursuivre le plaisir et à fuir la peine.

> Le plaisir nous rend tout facile,
> Sans le plaisir on ne fait rien;
> Il est et du mal et du bien
> Le doux et le puissant mobile.

C'est un poète de Cyrène qui parle.

LAÏS.

Pour moi, j'ai de bonnes raisons pour goûter votre nouvelle philosophie. Mais si votre fille, l'aimable Areté, professe la doctrine de son père (comme vous venez de me l'assurer), elle doit faire déserter toutes les autres écoles. Je me fais une idée charmante d'une école de volupté où président les grâces et la jeunesse; que d'agrémens une pareille doctrine doit avoir dans sa bouche, et qu'on apprend de choses dans ses yeux! En vérité, je voudrois être homme : quelles leçons le maître et le disciple se donneroient réciproquement ! Tour à tour nous ferions ces deux rôles, et le disciple deviendroit maître.

ARISTIPPE.

Elle seroit sans doute entre bonnes mains ; mais laissez-moi vous achever mon système. Je prétends encore qu'une volupté ne diffère pas d'une autre volupté...

LAÏS.

Oh ! s'il vous plaît, je vous arrête là ; je suis un peu connoisseuse en plaisirs, et assurément j'y fais de la différence.

ARISTIPPE.

Que je vous explique ce paradoxe, et nous serons bientôt d'accord. Le plaisir, en général, n'est, comme je vous l'ai dit, qu'un doux ébranlement imprimé à l'âme, une secousse agréable qu'elle reçoit des sens. Or, quand je soutiens qu'une volupté n'est point différente d'une autre volupté, c'est par rapport à cette idée générale, et dans le sens que les stoïciens prétendent que toutes les fautes sont égales parce qu'elles sont toutes également des transgressions de la loi. Ainsi vous concevez que les plaisirs considérés purement et simplement comme des modifications de l'âme ne diffèrent point essentiellement. J'imagine en effet les sens (qui sont les véhicules du plaisir) comme les cordes d'un instrument de musique; les divers sons produits par ces cordes sont tous également des vibrations ou des modifications de l'art, et, quand on parlera de la nature des sons en philosophe, non en musicien, on dira toujours qu'un son n'est pas différent d'un autre. Il en est de même de nos sensations, et, par conséquent, des plaisirs. Venons à leur différence spécifique que je reconnois aussi bien que vous. On dit que les sens sont les fenêtres de l'âme ; c'est l'âme qui voit, qui entend, qui goûte, qui reçoit, en un mot, toutes les impressions dont les sens corporels sont les instrumens; c'est toujours l'âme qui se modifie dans nos différentes sensations. Ces principes posés, analysons les plaisirs des sens pour trouver en quoi ils sont plus ou moins vifs, plus ou moins délicats les uns que les autres, et la cause de cette différence. Tant que le plaisir du goût est restreint à celui que la nature attache au besoin, c'est un plaisir tout corporel, et, par conséquent, le moins délicat de tous; mais on a trouvé le moyen de modifier un sentiment si simple. Les sensations réitérées produisent dans l'organe une habitude qui le spiritualise en quelque façon, et il se perfectionne au point de combiner ces mêmes sensations et de comparer ses délices; c'est ce qui faisoit dire d'un certain gourmand que son âme étoit toute dans son palais. Le plaisir de l'odorat, attaché à un organe bien plus délié, est susceptible des mêmes raffinemens que celui du goût, et ils participent l'un de l'autre jusqu'à se confondre souvent ensemble. Le plaisir de l'oreille semble appartenir tout entier à l'entendement et ne passer par l'organe de l'ouïe que comme à travers un crible, sans s'y arrêter. Le plaisir de la vue, relatif en quelque sorte à celui de l'oreille, est le plus étendu des quatre.

LAÏS.

Je vous attends au toucher.

ARISTIPPE.

Le toucher est un sens universel qui proprement parcourt tous nos organes; mais, pour lui assigner un district, je vais tout d'un coup caractériser le genre de volupté dont il est l'instrument, et qui participe tant de son étendue.

Vous en vouliez venir là sans doute, et vous vous figurez que je ne pourrai pas m'empêcher de contredire mes principes. Vous avez raison, charmante Laïs, il ne tiendra toujours qu'à vous de faire avouer au tendre Aristippe que cette volupté, dont vous feriez des leçons à Colytte même et à tous ses Baptes, est d'un ordre aussi supérieur que vous l'êtes à toutes les beautés de la Grèce. Mais, puisqu'il est question de philosopher, je soutiens que le plaisir de l'amour, rappelé comme celui du goût à la simplicité de la nature, n'est guère plus délicat ni guère plus vif, et qu'enfin il ne devient si touchant que parce que c'est celui de tous qui emprunte le plus des facultés de l'âme. Vous savez que l'imagination a toutes les propriétés des sens, qu'elle nous reproduit les sensations et les retrace encore plus vives qu'elles ne sont naturellement.

Or, la volupté dont il s'agit est en quelque manière encore plus attachée à l'imagination qu'aux organes corporels ; aussi tous les sens paroissent la servir. Considérez avec moi toute l'étendue de cette volupté universelle de Platon. Voyez des amans bien enflammés : le charme commence par les yeux; ils sont ingénieux à découvrir dans l'objet de leur passion mutuelle des perfections et des agrémens qui échappent à tous les autres yeux. A la vue l'un de l'autre tous leurs sens sont émus et satisfaits à la fois, ou plutôt toute leur âme est dans les sens, l'amour les parcourt et les remplit tous; il les rend plus subtils et plus délicats. Leurs regards sont des traits de flamme qui s'allument réciproquement, leurs yeux nagent dans une tendre ivresse qui ne leur laisse plus voir qu'eux-mêmes. Il n'est point d'harmonie plus douce à l'oreille que la voix qui sort d'une bouche chérie; elle va d'abord au cœur et le pénètre. Parlerai-je de l'odorat? quelle part n'a-t-il pas au délire des sens? Toutes ces circonstances voluptueuses se réunissent à la présence de l'objet qu'on aime.

Quel bonheur pour des amans de se trouver ensemble! Ils s'embrassent avant que de se toucher; toute leur chaleur se communique et perce à travers le voile le plus épais. Aux moindres approches ils sont en feu. Heureux qui peut tenir la main de sa maîtresse, et qui peut sentir le pied de son amant pour le presser mollement du sien ! L'amour, dans ce moment, leur fait goûter les plaisirs passés, les plaisirs présens et ceux qu'il leur promet encore. Mais quel sort, quelle félicité, lorsqu'ils sont dans les bras l'un de l'autre, lorsque tous leurs sens confondus sont noyés dans un torrent de délices, et qu'ils sentent réciproquement comme un écoulement de leur âme à mesure que la volupté s'épanche et se distille dans leurs cœurs ! Telles sont les douceurs de l'amour, ces douceurs inexprimables que l'on n'achète pas ; le pauvre les éprouve comme le riche ; l'amour égale tous les hommes, et, pendant que sous des lambris dorés il charme les soucis des rois, sous un toit rustique il enchante les rudes travaux du laboureur.

LAÏS.

Voilà un assez bon hymne à l'amour ; cependant, si j'avois tenu le pinceau dans la peinture de ces plaisirs, je n'aurois oublié ni ces baisers assaisonnés du nectar des dieux, selon le langage de vos poètes, ni ces tendres expressions étouffées aussitôt qu'enfantées par le plaisir, ni ces délicieux instans où il se fait entre les deux amans comme un échange de leurs âmes, où elles semblent errer sur leurs lèvres et s'exhaler dans leurs soupirs brûlans, ni ces momens d'ivresse où chacun d'eux ne jouit pas moins du plaisir qu'il donne que de celui qu'il reçoit lui-même, ni ces douces langueurs, ni ces défaillances. . . . . . . Mais le disciple insensiblement fait le personnage du maître. Reprenez vos droits, Aristippe, je suis prête à vous écouter.

ARISTIPPE.

Continuez vous-même, Laïs ; toute ma philosophie en fait de plaisir est bien courte au prix de la vôtre.

LAÏS.

Il n'est pas question de moi, achevez ce que vous avez à me dire sur la matière que nous traitons.

ARISTIPPE.

J'en ai assez dit pour vous faire comprendre ce que les plaisirs des sens en général ont de spirituel et de corporel, et même pour quelle part à peu près l'âme ou l'imagination entre dans chacun. Mais, à propos d'imagination, oserai-je vous demander quel ragoût vous trouvez au commerce de Diogène pour lui prodiguer gratuitement des faveurs que vous faites acheter si cher aux autres?

LAÏS.

Je suis bien aise de vous voir un peu jaloux de Diogène.

ARISTIPPE.

Jaloux, non! mais je ne comprends pas comment une beauté délicate peut s'accommoder d'un tel personnage; sa malpropreté, ses haillons, sa barbe, sa.... Il me semble que tout cela n'est pas fort délicieux pour une femme, et pour une femme voluptueuse.

LAÏS.

Vous ne connoissez pas encore tous les raffinemens de la volupté. Ces haillons et cette barbe qui vous dégoûtent ne sont que l'étui de Diogène : si vous saviez toutes ses ressources!

ARISTIPPE.

J'entends, le planteur d'hommes à vos yeux a fait disparoître le cynique; c'est assurément confondre de petites incommodités dans un grand bien.

LAÏS.

Ne méprisez pas tant les cyniques. Je connois des femmes plus délicates que ma profession ne me permet de l'être, qui avec leur robe et leur barbe les préfèrent à tous vos colifichets parfumés.

ARISTIPPE.

Je n'envie pas leurs bonnes fortunes, et, en vérité, j'y renonce à ce prix. Mais revenons à notre sujet. L'imagination, suivant mes principes, fait souvent tous les frais de nos plaisirs; c'est ce qu'il faut appuyer de quelques exemples.

J'ai fait un voyage à Lacédémone, et, entre plusieurs singularités, j'y ai remarqué quelques usages qui m'ont d'abord paru ridicules, mais dont j'ai reconnu l'utilité.

Premièrement, on fait danser les jeunes filles en rond, toutes nues, dans les places publiques, à la vue de tout le monde, et, pour sauver l'indécence du spectacle, on dit qu'elles sont couvertes de l'honnêteté publique.

LAÏS.

Il faut bien de l'étoffe pour ces nudités, et je crains furieusement qu'elle ne montre la corde.

ARISTIPPE.

Je croyois que l'objet de ces danses publiques étoit d'émousser la convoitise par l'habitude du spectacle, mais c'est une espèce de marché où les jeunes filles étalent leurs avantages et où les jeunes gens viennent choisir des femmes. Au reste, les filles ont leur revanche aux exercices de la lutte où elles assistent. En second lieu, tous les mariages sont des rapts, j'entends néanmoins des rapts volontaires.

Un jeune homme qui veut épouser une jeune fille est obligé de l'enlever. Cet usage aplanit bien des difficultés et abrège les procédures; s'il étoit reçu parmi nous, on ne verroit point tant de divorces sans hymen, ni tant de filles condamnées au veuvage. Le bon Lycurgue aimoit fort le larcin, et ses lois l'autorisent expressément, pourvu qu'il soit fait avec adresse : car on punit tous ceux qu'on prend sur le fait. Cette coutume a passé avec d'autres dans quelques États bien policés, où, suivant les us de Lacédémone, on ne punit pour le vol que les maladroits. C'est apparemment ce goût pour la filouterie qui fit naître la première idée de ces mariages furtifs à Lycurgue; mais, dans ce sage établissement, ce grand législateur avoit encore des vues sans doute plus dignes de lui; il avoit judicieusement compris l'abus des voies usitées ailleurs pour obtenir une fille de ses parens; il pensoit qu'il étoit honteux de faire un vil trafic d'une affaire de cœur, et de négocier une femme comme une métairie; qu'on devoit écouter la nature avant que de consulter la fortune; que l'autorité devoit se taire où l'inclination seule doit parler; qu'enfin la plupart des pères et mères gâtoient les marchés dont ils se mêloient. Que d'inconvéniens on évitoit en laissant agir le penchant de la jeunesse! C'est suivant ces maximes qu'à Lacédémone un mariage est une véritable expédition et que l'épouse d'un Spartiate est sa conquête. Mais, quoique ordinairement la voie du rapt rend les plaisirs de l'hymen plus piquans, quoiqu'un mariage assorti par l'amour est pour faire espérer des douceurs plus durables qu'une union formée par l'intérêt, il suffit d'être époux pour que l'amour ne tienne pas longtemps contre le dégoût inséparable de la possession. On commence par le relâchement, la tiédeur suit, de la tiédeur on passe à l'indifférence, et souvent de l'indifférence à l'aversion.

Tant que l'on est amans, au contraire, que d'empressement pour se voir! Que de regrets de se quitter! On se revoit toujours avec un goût nouveau. Les douceurs qu'on vient d'éprouver sont un aiguillon pour celles qu'on attend. Lycurgue, pour tenir les époux en haleine, voulut conserver dans le mariage une image de cette heureuse vivacité et donner à l'amour conjugal l'air touchant du tendre mystère. Déjà l'hymen étoit un larcin; il fit encore un larcin perpétuel du commerce légitime des époux. Il leur défendit la cohabitation et régla qu'ils ne pourroient se voir qu'à la dérobée, comme de simples amans. Toute la jeunesse de Lacédémone, de l'un et de l'autre sexe, est élevée et vit régulièrement en communauté; ceux mêmes qui sont mariés restent sous les yeux des vieillards chargés de leur conduite jusqu'à ce qu'on juge à propos de les abandonner à eux-mêmes. Cette jeunesse est partagée en deux collèges, composés de différentes classes qui ont chacune un dortoir particulier; c'est le nom que je donne à leur département. Suivant le plan de Lycurgue, les jeunes mariés sont les plus observés de tous; ils ne peuvent découcher de leur appartement, et pendant tout le jour il leur est presque impossible de se voir, soit à cause des différens exercices qui les occupent séparément, soit parce qu'ils sont gardés à vue. Jugez combien il faut que l'amour rende ces époux ingénieux pour tromper, de part et d'autre, leurs surveillans, et pouvoir s'introduire chez leurs femmes, ou recevoir les visites de leurs maris; ce n'est qu'à la faveur des ténèbres et d'une adresse bien exercée qu'ils peuvent goûter les plaisirs de l'hymen.

L'histoire de ces dortoirs est divertissante; les circonstances de la nuit, dont on est obligé de profiter, font naître une infinité d'aventures : on m'en a raconté plusieurs dont je compte bien vous régaler; mais auparavant en voici deux qui prouvent bien les influences de l'imagination sur les plaisirs.

Le beau Glycon, la fleur des athlètes de la Laconie, étoit dans l'âge où les lois de Lycurgue obligeoient les jeunes gens de se marier. Toutes les filles de Sparte le désiroient pour époux, toutes les mères le souhaitoient pour gendre. Il étoit grand, souple, adroit, robuste. Avec des qualités si propres à le distinguer dans les combats de Mars, quel augure pour ceux de l'amour! Ces avantages ne pouvoient échapper aux beautés de Lacédémone; elles le remarquoient principalement aux exercices de la lutte, d'où Glycon sortoit toujours vainqueur, et n'oublioient rien pour en faire la conquête; mais l'insensible Spartiate payoit d'un fier dédain toutes leurs avances. Son heure vint pourtant. Une jeune Messénienne, qu'il aperçut un jour au spectacle dont il faisoit lui-même partie, lui lança l'inévitable trait que l'amour lui avoit réservé ; fait comme je viens de le dépeindre, il fut bientôt démêlé de la belle. Leurs tendres regards se confondirent; deux rayons partirent de leurs yeux et furent les interprètes de leur flamme. Les Lacédémoniens ne s'amusent pas, comme les autres Grecs, à filer l'amour, ils sont meilleurs ménagers du temps. Notre athlète, au sortir des jeux, suit la Messénienne, remarque son logis et forme le projet d'en faire sa femme. Les ravisseurs à Sparte s'assurent toujours du consentement de leur belle pour l'enlever, et c'est souvent l'affaire d'une simple entrevue. Celui-ci fut deux jours entiers sans pouvoir exécuter son dessein; mais le troisième jour un billet laconique qui marquoit quelques circonstances et l'heure de l'enlèvement fut dépêché à la belle étrangère. Il y avoit trop d'yeux attentifs aux démarches de ce beau garçon pour laisser ignorer celle-ci; le billet fut intercepté par les jalouses Spartiates.

Piquées qu'une étrangère vînt leur ôter un époux qu'elles se croyoient seules le droit de se disputer légitimement, elles résolurent de se venger de l'amant et de la maîtresse. Elles choisirent une vieille ilote, la plus laide qu'elles purent trouver de la taille de la Messénienne, pour remplir sa place et jouer son rôle. Tout favorisoit cette supposition : l'obscurité de la nuit, qui étoit le temps marqué pour l'expédition amoureuse, le défaut de lumière que les lois de Lycurgue interdisent sévèrement, pour aguerrir les jeunes gens aux ténèbres, et l'ignorance où la Messénienne étoit des projets de son amant par la suppression de l'avis. Tout leur réussit à leur gré. L'esclave fut introduite dans le logis de la Messénienne et se trouva dans les dispositions où, suivant le plan du ravisseur, sa maîtresse devoit l'attendre. Elle fut donc enlevée pour cette belle fille et employée avec toutes ses rides pour un tendron de dix-huit ans.

Figurez-vous un jeune homme ivre d'amour et fortement préoccupé de l'objet qu'il croit tenir entre ses bras; je vous laisse imaginer toutes les délices qu'il dut faire goûter à cette vieille (pour peu qu'il lui restât de sentiment) et celles qu'il ressentit lui-même. Dans la douce illusion où il étoit plongé, dans le délire de ses sens, le fantôme palpable lui représente tout ce qu'il imagine dans la Messénienne. Sa peau sèche et détendue reprend le poli, la fraîcheur et la molle fermeté des plus belles chairs, les cuisses toutes décharnées s'arrondissent, et le squelette entier devient un corps revêtu de cet embonpoint délicat qui est l'apanage de la jeunesse. Tel est l'enchantement du beau Glycon que tout ce qui devroit le glacer dans son pesant et froid automate est ce qui l'enflamme de plus en plus. Si, dans la chaleur du conflit, quelque circonstance pouvoit dissiper le charme, ce seroit la lenteur avec laquelle on répond à ses brûlans transports. Vous jugez bien qu'une haridelle telle que je dessine celle-ci n'a pas les allures vives ni les aides fort fines; mais, dans l'emportement de la passion, plus on a de vivacité soi-même, plus on en prête à l'objet qui la cause, ou moins on s'aperçoit de l'inégalité des tempéramens.

Notre athlète, de la meilleure foi du monde, rentre plusieurs fois dans la lice et fournit bravement sa carrière ; enfin les forces l'abandonnent, il tombe épuisé dans les bras du sommeil. Les impitoyables Spartiates, pour jouir de sa confusion et de sa rage et couronner par là leur cruelle vengeance, voulurent prévenir son réveil, et, pour comble d'outrage, n'oublièrent pas d'y amener encore des témoins. Que devint le pauvre Glycon lorsque, éveillé par ces furies, il aperçut à ses côtés le monstre substitué à la belle Messénienne ! Vous pouvez vous représenter les circonstances d'un pareil dénouement. Il alloit faire payer bien cher au malheureux instrument de ses plaisirs la perfidie qu'on lui avoit faite et peut-être ensanglanter la scène, si l'on n'eût promptement dérobé la vieille esclave à sa fureur.

Je passe à la seconde aventure.

Léonille et Callipyga, étant filles, vivoient dans une union admirable, et, après qu'elles furent mariées, le changement de leur condition n'en apporta point à leur amitié. Léonille n'étoit point belle, mais elle avoit ces grâces touchantes qu'on préfère à des attraits réguliers, et beaucoup d'agrémens dans l'esprit. Callipyga étoit une beauté parfaite; toute la jeunesse de Lacédémone s'étoit disputé sa possession, et l'heureux Glaucus l'avoit emporté plutôt par un caprice du sort que par son mérite ou par son adresse. Ce Glaucus, qui étoit un prêtre de Mars, négligeoit entièrement sa femme, soit pour être trop occupé des devoirs de sa profession, qu'il remplissoit religieusement, soit qu'il eût du goût pour d'autres plaisirs, comme il en étoit soupçonné. Bronte, le mari de Léonille, étoit statuaire, il excelloit dans son art; mais son application au travail ne l'empêchoit pas d'être attentif aux besoins d'une tendre épouse. Léonille et Callipyga étoient devenues inséparables; moins celle-ci goûtoit de satisfaction du côté de l'amour, plus elle en cherchoit dans l'amitié; elle trouvoit une amie compatissante, et c'étoit une douceur pour elle d'épancher ses ennuis dans son sein; elle se plaignoit amèrement des tiédeurs éternelles de son mari. « Je n'ai, disoit-elle, que le nom d'épouse, et je languis dans un triste veuvage. Hélas! je serois tout aussi fêtée si j'avois épousé un prêtre de Cybèle; le dieu dont mon époux est le ministre ne sauroit-il lui inspirer un peu de son courage et de sa valeur? Est-ce un stupide Béotien né sans invention et à qui l'amour ne puisse suggérer les moyens de me voir? » Léonille faisoit de son mieux pour la consoler; mais Callipyga lisoit dans ses yeux le vif contentement qui éclate dans l'air d'une femme dont le cœur est rempli, et c'étoit pour elle un nouveau supplice. Bronte la voyoit souvent chez son épouse; mais, quoique sa beauté l'eût frappé, le trait fatal qui devoit l'atteindre étoit encore suspendu. Un jour il voulut se donner le plaisir de surprendre sa femme dans le bain; Callipyga se baignoit avec elle. Quelle vue, grands dieux! et que devint-il quand le plus beau corps du monde s'offrit sans voile à ses regards! Il crut voir Vénus ou Diane, et l'idée qu'il en remporta vint dès ce moment l'obséder nuit et jour. Léonille s'aperçut bientôt de l'effet que les charmes de son amie avoient fait sur une imagination déjà naturellement échauffée, et Bronte ne tarda pas à lui faire sentir la différence qu'il avoit faite entre elles dans les attitudes favorables où le hasard les lui avoit fait voir. Plus il s'occupoit de ces idées, plus il enfonçoit le trait dans son cœur; son refroidissement pour sa femme augmentoit tous les jours sensiblement, ses visites devenoient plus rares ; lors même qu'il s'échappoit avec elle, il falloit que l'imagination vînt au secours du devoir : toutes les circonstances de ses embrassemens étoient autant d'infidélités, et un coupable amour allumoit les feux qui brûloient au profit de l'hymen.

Pendant une de ces nuits que le statuaire donnoit par pitié à Léonille, il tomba dans un profond sommeil. Il n'est point rare de voir un mari s'endormir auprès de sa femme lorsqu'il est question de toute autre chose, mais le sommeil de Bronte fut singulier. Il rêva que Callipyga, éprise du même feu que lui, avoit trouvé le secret de s'introduire chez sa femme et de prendre sa place auprès de lui. « Quoi! s'écrioit-il d'un ton brûlant d'amour, quoi! belle Callipyga, il est possible! c'est vous-même, c'est vous que je tiens! Ah! je défie les dieux de goûter une félicité pareille à la mienne! » Sa femme, à qui s'adressoient ces douceurs, et qu'il embrassoit étroitement, étoit parfaitement éveillée et encore plus recueillie, dans la crainte de rompre le charme; elle n'osoit pas s'abandonner et avoit besoin de toute son adresse pour ménager l'illusion de son mari en se prêtant à ses transports. « Artisan divin, continuoit Bronte en parcourant les attraits de sa femme, Amour, où as-tu pris le modèle de tant de charmes réunis : ce sein, le chef-d'œuvre de tes mains, ces bras dignes d'enchaîner Jupiter même, ces cuisses?... Oh! dieux! que de beautés! mon imagination s'épuise sur chaque circonstance. » Ces tendres apostrophes étoient interrompues par des caresses et des baisers sans nombre. Il poursuivoit ainsi sa carrière, quand la vive impression du plaisir fit son effet et le réveilla; il nagea quelque temps dans ces ombres confuses que laisse un songe voluptueux, et comme, après un rêve agité, le premier mouvement est de s'assurer de la réalité des objets qui nous environnent, il se mit à tâter et à retâter sa femme et reconnut l'erreur de ses sens; bientôt il se replongea dans le sommeil, peut-être essaya-t-il de rappeler son songe. Léonille fit des réflexions sur l'aventure de cette nuit et se mit en tête de guérir la passion de son mari par un remède aussi singulier qu'étrange.

Un jour que Callipyga se plaignoit d'être privée des douceurs de l'amour, Léonille lui offrit de lui céder pour une nuit sa place auprès de son époux, qui, par les mesures que l'on prendroit, ne s'apercevroit pas de l'échange. C'étoit toujours autant de gagné pour elle : quel tort feroit-elle à son mari? Callipyga témoigna d'abord beaucoup de répugnance pour cette démarche, mais, après bien des façons, elle consentit à profiter de sa bonne fortune. Léonille, sans marquer trop d'empressement, trouva le moyen de s'assurer du statuaire pour la nuit prochaine; elle fit tenir son amie toute prête et l'instruisit de la manière dont elle s'y prendroit pour exciter l'indolence de son mari et pour répondre à ses caresses sans risquer d'être reconnue. Mettons la belle et Bronte au lit. Comme depuis longtemps ce n'étoit plus l'amour qui amenoit Bronte chez sa femme, mais un re[illegible] de considération, et que Callipyga [illegible]te à un personnage muet, la con-[illegible] fut pas longue. La belle, que la [illegible]l'objet agitoit déjà naturellement, faisoit des mouvemens inquiets suivant les instructions de Léonille et passoit tantôt une jambe, tantôt un bras, entre ceux de Bronte, que l'idée de sa femme laissoit fort tranquille ; enfin, à force d'agaceries, il comprit ce qu'on lui vouloit et se mit en devoir d'accorder quelque chose à l'importunité. Bientôt Callipyga fut toute en feu, et, s'abandonnant à sa vivacité, ne s'en tint pas à seconder les tièdes efforts de son amant. Si la prévention conjugale avoit été moins forte chez lui, aux transports de Callipyga, à l'emportement de ses caresses, à la chaleur de ses baisers, à son agitation, aux vives impressions qu'il faisoit sur elle, malgré sa lenteur, il lui étoit aisé de s'apercevoir qu'il n'avoit point affaire à Léonille; mais alors son imagination, peu occupée de Callipyga, n'étoit remplie que de sa femme. Après la première corvée on ne tarda pas à tourner le dos. Inutilement Callipyga voulut recommencer ses attaques, on la rebuta, on la brusqua même, et l'on s'endormit profondément. La belle, trop réveillée pour être en état de goûter le moindre sommeil, passa toute la nuit à détester celui de Bronte. Léonille parut à la pointe du jour et vint tirer notre couple du lit. Quelle fut la surprise du statuaire quand il reconnut Callipyga ! Qui peut dépeindre son désespoir lorsqu'il se représenta le peu d'usage qu'il avoit fait d'une si belle fortune et tous les plaisirs qu'il avoit perdus ! Il voulut se venger à l'heure même sur cette beauté qu'il serroit dans ses bras, mais on arrêta sa pétulance et il essuya cent railleries. Léonille, lui tenant compte de l'intention, le remercia des douceurs qu'il avoit procurées à son amie ; elle apprit ensuite à Callipyga l'incident de cette heureuse nuit où son époux, trompé par un songe qui l'avoit mise entre ses bras, marquoit à sa femme la plus vive tendresse, et l'obligea de faire à son tour des remerciements pour son compte à son mari. Bronte, un peu remis de sa confusion, entra fort bien dans la plaisanterie ; il trouva le trait ingénieux et la leçon d'un tour nouveau. Il guérit enfin de sa passion et s'attacha sincèrement à Léonille. . . . .

NOTES

Les noms propres réels, dévoilés par les clefs des exemplaires Barbier et Nodier, sont placés entre guillemets. Il n'a point été fait usage de ces signes pour les éclaircissements proposés par l'éditeur.

Page 2, ligne 1. *Aujourd'hui surtout que le génie dissertateur brille jusque dans les préfaces d'opéra.* Querlon fait très probablement allusion à la dissertation sur l'harmonie que Le Franc de Pompignan a placée en tête du livret du *Triomphe de l'Harmonie,* ballet héroïque, musique de Grenet, représenté le 9 mai 1737.

3, 20. *M. Morin, de l'Académie des Inscriptions.* Henri Morin, né à Saint-Pierre-sur-Dives (Calvados) en 1655, mort en 1728, d'après Quérard. Il s'était retiré sans demander la vétérance et n'eut point pour cette raison, selon Laverdy, les honneurs d'un éloge officiel. Les *Mémoires de l'Académie* renferment d'assez nombreuses dissertations de Morin sur les augures, le chant du cygne, le jeûne et le célibat chez les anciens, etc.

4, 1. *La suite du Pétrone à Belgrade.* En 1692, Nodot fit imprimer à Rotterdam une édition de Pétrone, augmentée de nouveaux fragments découverts, selon lui, à

Belgrade en 1688. Cette prétendue trouvaille, favorablement accueillie par quelques érudits, rencontra de nombreux contradicteurs, et la supercherie fut éventée en France par Brugière de Barante, et en Hollande par Burmann. Nodot a également donné une traduction de Pétrone ainsi complétée (1694 et 1713).

P. 7, l. 6. *Daphné,* Passy. Samuel Bernard n'a jamais possédé de château à Marly, tandis qu'il avait une fastueuse résidence à Passy. C'est donc à ce faubourg de Paris que s'appliquent les divers traits de la description de Querlon. *Ce bois enchanté* (9, 13) est le bois de Boulogne. La *Fontaine de Daphné* (11, 6), « dont l'eau est particulièrement estimée pour son extrême fraîcheur et sa clarté », fait allusion non à la machine de Marly, mais aux anciennes et aux nouvelles eaux de Passy.

8, 15-17. *Antioche,* « Paris » ; *Oronte,* « la Seine ».

12, 11. *Pompée le Grand,* « Louis XIV ». Il ne semble pas que Louis XIV soit jamais venu à Passy, ni qu'aucune garnison s'y soit jamais révoltée. Peut-être Querlon a-t-il voulu dépister les curieux par ces inexactitudes volontaires.

13, 6. *Ampélide,* « Samuel Bernard ». Nodier s'est demandé si ce nom d'Ampélide (d'ἄμπελος, vigne) faisait allusion à quelque entreprise du financier. Il est bien regrettable que M. Ch. Read ne se décide point à publier le livre qu'il avait préparé, à l'aide de documents inédits, sur Samuel Bernard et sa famille ; jusqu'à ce jour l'homme qui éblouit deux ou trois générations par son faste et qui mit deux fois son immense crédit au service de l'Etat n'a pas rencontré d'historien.

18, 13. *Albionice,* « Mlle de La Touche » : troisième fille de Samuel Bernard et de Mme Fontaine, Françoise-Thérèse, née à Paris le 12 mars 1712. Elle avait épousé, le 12 mai 1729, Nicolas Vallet de La Touche, intéressé dans la fourniture des gabelles et marines de France, dont elle eut un fils, Pierre-Armand, né le 27 septembre 1731; mais, trois ans plus tard, elle suivit le duc de Kingston en Angleterre (d'où le nom d'*Albionice* que lui donne ici Querlon) et vécut avec lui jusqu'en 1750 environ. Quoi qu'en dise ici Meusnier de Querlon, le mari ne prit pas aussi philosophiquement son parti de l'abandon de sa femme et commença des poursuites qui n'aboutirent pas. Sur la réconciliation des deux époux par l'intermédiaire de leur fils, on peut consulter les études de M. G. Desnoiresterres dans ses *Epicuriens et Lettrés* (1879, in-18), et de M. H. Bonhomme dans *Grandes Dames et Pécheresses* (1883, in-16).

P. 19, l. 7. *Chlore*, « Mlle de Moras »; *Arsinoé*, « Mme de Moras » : Anne-Marie Peirenc de Moras, née en 1724 d'Abraham Peirenc, directeur de la Compagnie des Indes, et de Marie-Joséphine Fargès. Héritière à la mort de son père (1732) d'une fortune considérable, elle se fit enlever à l'âge de quatorze ans du couvent de Notre-Dame de la Consolation, rue du Cherche-Midi, par le comte de Courbon-Blénac, plus âgé qu'elle de vingt-cinq ans, qui la conduisit en Poitou et força un prêtre à légitimer leur union. Deux jours après, l'oncle de la jeune fille, Fargès de Polisy, se présentait muni d'un ordre du roi et ramenait sa nièce à Paris, pendant que M. de Courbon-Blénac réussissait à gagner la frontière, sans qu'on ait jamais su depuis ce qu'il était devenu. Après une procédure de plus de six mois, la femme de chambre qui avait aidé Mlle de Moras à sortir du couvent et le curé qui l'avait mariée à son amant furent condamnés, la première à être pendue, le second aux galères; mais la sentence fut commuée pour la femme de chambre en la peine du fouet, de la flétrissure et neuf ans de bannissement, pour le curé en une amende honorable et un bannissement perpétuel. Le comte de Courbon, contumace, eut la tête tranchée en effigie.

« On rejette toute la cause de ce malheur, écrit l'avocat Barbier, sur Mme de Moras mère, qui a donné lieu aux familiarités de M. de Courbon avec sa fille. » Néanmoins, elle mourut de douleur à l'issue du procès. Mlle de Moras sortit en 1750 des divers couvents où elle était confinée depuis son aventure pour épouser un jeune chevalier de Malte, Charles-Louis, comte de Merle de Beauchamp ; le mariage fut célébré le plus discrètement que l'on put, et la comtesse de Merle ne fut présentée à la cour que sept ans plus tard, lorsque son mari eut été nommé ambassadeur du roi en Portugal. La fin de Mme de Merle est aussi obscure que son adolescence avait été aventureuse : elle suivit très probablement le comte en émigration, et ni l'un ni l'autre n'existaient plus quand, en 1794, une de leurs filles, la comtesse du Chilleau, comparut devant le tribunal révolutionnaire qui l'envoya à l'échafaud. La postérité de Mme de Merle est aujourd'hui entièrement éteinte. Cette note résume aussi brièvement que possible deux récits auxquels le lecteur voudra bien se reporter s'il tient à être plus complètement édifié : les *Mémoires* de Malouet (1868, 2 vol. in-8), qui avait accompagné en Portugal M. et Mme de Merle, et *Un Enlèvement au XVIIIe siècle,* par M. Jules Claretie (1882, in-16), où sont publiées *in extenso* les pièces du procès criminel intenté au ravisseur et à ses complices. Un écrivassier infatigable, le chevalier de Mouhy, n'avait pas eu besoin de s'entourer de documents aussi positifs pour barbouiller les *Mémoires d'Anne-Marie de Moras, comtesse de Courbon, écrits par elle-même et adressés à Mlle d'Au***, pensionnaire au couvent du Cherche-Midi* (La Haye, 1740, 4 parties in-12). Ce titre et son contenu laissent bien loin derrière eux les romans à clef qui pullulent depuis quelques années, car Mouhy met bravement en scène non seulement l'héroïne, mais les divers membres de sa famille, et cela sous leur propre nom.

P. 19, l. 19. *Agathias,* « M. de Boufflers » ; *la femme*

du vice-préteur, « Mme Hérault » : Joseph-Marie, duc de Boufflers, mort gouverneur de Gènes en 1747, à quarante et un ans; Mme Hérault, née Moreau de Séchelles, femme du lieutenant de police et aïeule du conventionnel. « M. Hérault, écrit Barbier en janvier 1740, ne paroît pas devoir jouir longtemps des faveurs qu'il a reçues de la cour. Il est toujours mal et changé comme un homme qui n'en peut revenir. Il y a divers bruits sur le sujet de sa maladie qui dure déjà depuis longtemps. Les uns disent que c'est jalousie de sa femme qui est une des jolies femmes de Paris, sur le compte de qui on met M. le duc de Boufflers, depuis M. le duc de Durfort. Ce lieutenant de police n'a pas osé murmurer, il n'auroit pas manqué d'être chansonné. D'autres disent qu'il y a de la malignité dans sa maladie et que les médecins n'ont pas osé l'en avertir, crainte de lui donner des soupçons sur la conduite de sa femme que l'on excuse cependant, en disant qu'elle peut avoir cet accident de naissance, étant fille de M. Moreau de Séchelles, intendant de Maubeuge, lequel, au su et au vu de tout Paris, a été traité aux Invalides, il y a nombre d'années, et y a même pensé périr. » M. Hérault mourut le 6 août suivant.

P. 20, l. 17. *La femme et la maîtresse du vieux Strabon*, « M. de Mailly » : le père de Mme de Mailly, de Mme de Flavacourt et de Mme de Châteauroux, plus connu sous le nom de marquis de Nesle, et célèbre par l'éclat de ses débordements et le scandale de ses dettes qui, en 1739, le firent exiler à Caen, malgré la faveur de sa fille. Nodier prétend que le nom donné au marquis renferme une allusion à la déviation de son regard : στράβον, louche.

21, 7. *Cette petite femme*, « Mme Portail » : Marthe-Antoinette Aubery de Vatan, fille d'un prévôt des marchands, mariée en 1732 à Jean-Louis Portail, fils du premier président de ce nom, et lui-même président à mortier, en 1726, après avoir été capitaine au régiment du Roi. Mme Portail avait essayé de séduire le jeune Louis XV, mais, au moment du rendez-vous, le roi s'était fait remplacer par M. de Lugeac. La chronique scandaleuse du temps fournirait une ample moisson d'anecdotes sur Mme Portail et sur sa belle-mère, qui n'était pas moins dévergondée. Voir le *Journal* de Barbier, les *Mémoires* de Maurepas, etc.

P. 21, l. 8. *Ce jeune homme,* « M. d'Arboulin » : Jean-Potentien Darboulin ou d'Arboulin, administrateur général des postes (1759), par le crédit de Mme de Pompadour, qui l'appelait familièrement *Boubou,* mort en 1784. Il était l'oncle des frères de Bougainville. Voir sur d'Arboulin les *Mémoires* de Mme du Hausset, de Marmontel et de Dufort de Cheverny.

25, 14. *Grillus.* Il est assez difficile sans doute de déterminer quel artiste culinaire l'auteur a voulu désigner : citons à tout hasard Moutier qui passa du service du duc de Nevers à celui des petits appartements, lorsque Mme de Mailly était la maîtresse en titre du roi ; mais qui nous dira le nom du cuisinier de Samuel Bernard?

26, 11-14. *Glycère,* « Mlle Le Maure » ; *Damoclès,* « l'abbé de La Garde ». « Son premier métier, dit Grimm en faisant l'oraison funèbre de l'abbé (novembre 1767), avait été celui de suivant de Mlle Le Maure, qui a si longtemps enchanté les oreilles françaises par son beau et lourd organe, et qui était aussi célèbre par sa bêtise que par sa voix. La Garde prétendait lui montrer ses rôles, et, comme elle était fort capricieuse, quand on voulait l'avoir à souper pour la faire chanter, il fallait avoir La Garde, qui savait les moyens de l'y déterminer. » Ph. Bridard de La Garde est l'auteur, entre autres livres, d'un roman charmant, qui a joui longtemps d'une vogue méritée : *les Lettres de Thérèse ***, ou Mémoires d'une jeune de-*

moiselle de province (1737, 6 parties in-12), plusieurs fois réimprimées, et des *Annales amusantes* (1741), que le bibliophile Jacob a fait figurer dans la présente collection.

P. 28, l. 8. *Artémise,* « Madame la jeune Duchesse ». C'est le nom sous lequel on désignait communément Charlotte de Hesse-Rheinfeld-Rothembourg, femme de Louis-Henri, duc de Bourbon, prince de Condé, née le 18 août 1714, morte à Paris le 14 juin 1741. Le duc l'avait précédée de quinze mois à peine dans la tombe. C'est lui qui avait fait bâtir les célèbres écuries de Chantilly. Si l'on en croit Barbier (*Journal,* août 1739), la duchesse aurait eu « quelques particularités avec le marquis de Bissy, commissaire général de la cavalerie, jeune homme bien fait », et Querlon songeait certainement à ces intrigues en plaidant, par la bouche d'Hermotime, pour « des fautes si excusables, des faiblesses si autorisées par les circonstances ».

29, 13. *Le prince d'Arménie,* « Louis XV ».

30, 21. *Les Bâtisseurs,* « les francs-maçons ». Cette secte, connue surtout alors sous le nom de *frimassons* (*freemasons*), avait ouvert sa première loge à Paris, rue des Boucheries, vers 1725, par les soins de trois Anglais, lord Dervent-Waters, le chevalier Maskelyn et M. d'Haguettye. Lord d'Harnouester ayant été élu, en 1736, grand maître par les quatre loges parisiennes où figuraient beaucoup de seigneurs français, le cardinal de Fleury interdit les assemblées qui n'en continuèrent pas moins; en 1743, on comptait vingt-deux loges ouvertes; ce fut seulement en 1756 que les adeptes français se séparèrent de leurs frères d'outre-Manche. Les pratiques des francs-maçons et le mystère dont ils s'entouraient avaient donné naissance à des bruits scandaleux sur leurs mœurs. Querlon fait ironiquement allusion ici à « la foi socratique dont les Bâtisseurs sont pourtant fort éloignés », et un *canard* du temps, recueilli par l'abbé Raynal, précise davantage ces injurieuses accusations. Voir les *Nouvelles littéraires* de l'abbé, dans la dernière édition de la *Correspondance littéraire, philosophique et critique* de Grimm, Diderot, Raynal, Meister, etc. (1877-1882, 16 vol. in-8), tome II, p. 107; 18 octobre 1751.

P. 31, l. 17. *Aristomaque*, « le prince de Rohan ». Lequel? Hercule-Mériadec de Rohan, prince de Guémenée, duc de Montbazon, né le 13 novembre 1688, mort le 21 décembre 1757, marié le 4 août 1718 à Louise-Gabrielle-Julie de Rohan, ou bien, ce qui paraît plus vraisemblable, Charles de Rohan, prince de Soubise et d'Epinoy, duc de Rohan-Rohan, pair et maréchal de France, né le 16 juillet 1715, marié le 29 décembre 1734 à Anne-Marie-Louise de La Tour d'Auvergne, née le 1er août 1722, morte le 17 septembre 1739?

32, 22. *L'île de Samothrace, patrie des Bâtisseurs*, « l'Angleterre ».

41, 14. *La mule.* « Aventure arrivée à Mme la duchesse de Ruffec. Elle étoit fille de M. d'Angervilliers, ministre de la guerre. Elle avoit d'abord épousé M. le président de Maisons, président à mortier, et ensuite M. le duc de Ruffec. Son esprit et son enjouement la faisoient désirer à la cour, mais elle l'avoit quittée pour vivre à Paris avec M. le marquis de Trévoux, lieutenant aux gardes-françoises, à qui elle paya la compagnie lorsque son tour vint de l'obtenir. » Marie-Jeanne-Louise Bauyn d'Angervilliers, fille du secrétaire d'État, ministre de la guerre de 1728 à 1740, avait épousé en premières noces Jean-René de Longueil, marquis de Maisons, l'ami de Voltaire, qui fut atteint chez lui de la petite vérole en 1723. Le président succomba huit ans plus tard (13 septembre 1731) à la même maladie, laissant un million de dettes, bien qu'il eût, suivant Barbier, 150,000 francs de rente. Sa veuve épousa peu après Jean-Armand de Saint-Simon, duc de Ruffec, pair de France, grand d'Espagne, maréchal de camp, mort le 20 mai 1754, dans sa cinquante-cinquième année. La duchesse de Ruffec mourut à son tour en septembre 1761. Voltaire compare, dans une lettre à d'Argental (22 décembre 1760), le minois de Mlle Corneille au visage de « doguin » de Mme de Ruffec.

Imprimé par Jouaust et Sigaux

POUR LA COLLECTION

DES CHEFS-D'ŒUVRE INCONNUS

Octobre 1886.

www.ingramcontent.com/pod-product-compliance
Ingram Content Group UK Ltd.
Pitfield, Milton Keynes, MK11 3LW, UK
UKHW020203200726
13856UKWH00003B/1176

9 782013 575065